AF306003

LES NYMPHES

DE

DIANE,

OPERA-COMIQUE

EN UN ACTE.

Représenté pour la premiere fois tout en Vaudevilles sur le Théâtre de l'Opéra-Comique de la Foire S. Laurent le 22. Septembre 1755.

Par M. FAVART.

Le prix est de 30 s. avec la Musique.

A PARIS,

Chez DUCHESNE, Libraire, rue S. Jacques, au-dessous de la Fontaine S. Benoît, au Temple du Goût.

M. DCC. LV.

Avec Approbation & Privilége du Roi.

ACTEURS.

LA PRESTRESSE.   *Mlle Villiers.*

CYANE, ⎫ Nymphes. ⎧ *Mlle Deschamps.*
EGLÉ,   ⎭   ⎩ *Mlle Baptiste.*

AGENOR, Amoureux de Thémire, *M. Deschamps.*

CLITON, Esclave d'Agenor,   *M. Delisle.*

UN SATYRE,   *M. Paran.*

L'AMOUR,   *Mlle Prudhomme.*

LA NYMPHE GANGAN,   *M. Alexandre.*

CHŒUR DE NYMPHES.

TROUPE DE BERGERS ET DE SATYRES.

LES NYMPHES
DE
DIANE.

Le Théâtre repréfente la Forêt de Diane. On voit dans le fond la Statuë de la Déeffe fous un Temple en rotonde orné des attributs de la Chaffe, & furmonté d'un Croiffant. Au-devant eft un Autel triangulaire pour le Sacrifice.

SCENE PREMIERE.
L'AMOUR.

Air. *Le Printems vient de naître.*

E Printems vient de naître,
C'eft la faifon d'aimer.
Je vais tout enflammer,
De tout je fuis le maître.
Le Printems vient de naître,
C'eft la faifon d'aimer.

Air. *Ici font venus en perfonnes.*
Que rien n'échape à ma vengeance :

Ici sans cesse l'on m'offense,
Et l'on s'en fait même un devoir.
Les chastes Nymphes de Diane
Suivent des loix que je condamne.
Pour s'opposer à mon pouvoir,
Elles se flattent de l'espoir
De m'enlever encor Themire ;
Mais cet enfant déja soupire.
Agénor vient en ce séjour
Venger la gloire de l'Amour.

SCENE II.

AGENOR, CLITON.

CLITON.

Air. *Oh mon fils ! qu'avez-vous, Seigneur ?*

AH, Seigneur, enfin je vous vois.

AGENOR.

As-tu fait quelque découverte ?

CLITON.

Oui ; mais peut-être dans ce Bois
Venez-vous chercher votre perte.

Air. *Le fameux Diogene.*

Les Nymphes de Diane
De l'abord d'un Profane
Défendent ces forêts,

Gardez-vous de paroître,
Vous pourriez, mon cher Maître,
Succomber fous leurs traits.

AGENOR.

Air. *C'eſt ce qu'on ne voit guère.*

Je céde au feu qu'Amour m'inſpire.

CLITON.

Vous vous enflâmez pour Thémire
Sur le récit de ſes appas ;
Vous bravez ici le trépas.

AGENOR.

Je cherche un cœur naïf, ſincère
Qu'Amour n'ait point ſoumis encor ;
Et Thémire m'offre un tréſor
Que l'on ne trouve guère.

Air. *L'aveugle enfant pour exercer ſa rage.*

Dans ces boſquets, à travers un feuillage,
Je viens de voir cet objet enchanteur.
Ah que d'attraits ! pour jamais je m'engage ;
Je perds le jour, ſi je n'obtiens ſon cœur.

CLITON.

Eh quel ſuccès eſpérez-vous, Seigneur ?

AGENOR.

Air. *Mon honneur alloit faire naufrage.*

Aux Autels de la chaſte Déeſſe,
En ce ſéjour on doit la recevoir.
Cette Nymphe écoutoit la Prêtreſſe
Qui prêchoit un farouche devoir,

Ses yeux distraits annonçoient la tristesse ;
Et j'en conçois pour ma vive tendresse
         Le plus doux espoir.

          Air. *M. le Prevôt des Marchands.*

Diane veut qu'un libre choix
Engage à vivre sous ses loix :
D'une Nymphe qui veut les suivre,
Un Amant doit tenter le cœur.
Si la Nymphe à l'Amour se livre,
Elle appartient à son vainqueur.

CLITON.

          Air. *Ma main , pourquoi faire ?*

Moi j'ai déja réussi ,
J'ai rencontré près d'ici
Sans leurs surveillantes ,
Deux Nymphes charmantes.

          Air , noté.

Au bord d'une fontaine ,
Dans ce bois épais ,
Elles prenoient le frais :
Un doux penchant m'y méne ,
J'avance pour voir de plus près ;
Mais j'ai trop d'imprudence ,
On m'apperçoit , on appelle Briffaut ,
     Courtaut , Miraut , Murmuraut.
     Je fuis en diligence ,
Et comme un Cerf on me chasse aussitôt.
     Tayaut , tayaut , tayaut.

Fanfare de Dampierre. Air. *Joignons au bruit*
          du salpétre.
Je tombe en perdant haleine ,

Les dards font levés fur moi.
Ma perte paroît certaine ;
Mais je n'en ai que l'effroi.
On ne fonne point ma prife ,
On me traite avec bonté ;
La pitié me favorife ,
Et j'obtiens ma liberté.

Air. *Ah ! fi j'avois connu M. de Catinat.*

Le plus jeune me dit , tout bas : *Raffurez-vous ,*
J'aurai foin de vos jours , demeurez avec nous.
Vous mettrez les habits que je vais vous chercher.
Sous l'attirail de Nymphe elle va me cacher.

AGENOR.

Air. *Menuet de Grandval.*

Mon cher Cliton , fers ma tendreffe ;

CLITON.

Oui , je prétends agir pour vous :
Mais quelqu'un vient.

AGENOR.

C'eft la Prêtreffe.

CLITON.

Alerte , alerte , fauvons-nous.

SCENE III.
LA PRESTRESSE, CYANE.

LA PRESTRESSE.
Air. *Les Fanatiques que je crains.*

ON va s'assembler en ces lieux,
Avertissez Thémire,
Elle semble éviter nos yeux,
Elle rêve & soupire.

CYANE.

Thémire a déja quinze ans,
Le cœur parle à cet âge,
Souvent même avant ce tems
On entend son langage.

LA PRESTRESSE.
Air. *Ne vlà-t'-il pas que j'aime ?*

Mon Eléve a sçu profiter
D'une sage morale.

CYANE.

Mais pourra-t-elle résister
A l'épreuve fatale ?
Air. *Je suis la fleur des Garçons du Village.*
Dans tout l'éclat d'une fête galante,
Un jeune Amant va la tenter.

LA PRESTRESSE.
Dans un instant, pour une ame innocente

L'Amour est-il à redouter ?

CYANE.

Air. *C'est Mlle Manon.*

Mais un instant suffit. . . .

LA PRESTRESSE.

Je crains peu pour Thémire ;
Dès sa plus tendre enfance, élevée en ces lieux,
Nul homme jamais, jamais ne s'offrit à ses yeux.

CYANE.

Et c'est tant-pis, je crois, si j'ose vous le dire.
L'Amour a ses droits,
Le cœur est prompt à faire un choix,
Quand on voit un Amant pour la premiere fois.

Air. *Que je suis à plaindre en cette débauche !*

De l'astre du jour l'aspect favorable
Fait ouvrir une tendre fleur,
De même l'aspect d'un Amant aimable
Fait épanouir un jeune cœur.

LA PRESTRESSE.

Air. *Son courage m'intéresse.*
Quittez ce discours profane,
Redoublons nos soins, Cyane,
Pour Thémire.

CYANE.

La voilà.

LA PRESTRESSE.

Dieux, elle soupire encore,
Quelle langueur la dévore !
En secret observons-la.

SCENE IV.

THEMIRE, LA PRESTRESSE, CYANE.

THEMIRE.

Air. *Dans une cabane obscure.*

IL est quelque science
Qui flatte mon espoir ;
Mais de mon ignorance
On me fait un devoir ,
D'une timide enfance
Ecartons le bandeau.
J'examine & je pense ,
Je vois un Ciel nouveau.

Second Couplet.

Le charmant badinage
Des oiseaux de ces lieux
N'avoit point à mon âge
Encor fixé mes yeux.
Qu'est-ce qu'ils veulent dire ?
Quels accens langoureux !
Avec eux je soupire ;
Mais ils sont plus heureux.

Air. *A mon cœur dans ce séjour.*

Lorsque je trouve une rose
    A demi close ,

J'ouvre son sein ,
Je l'effeuille sans dessein ,
Je rêve , & n'en sçais point la cause.

CYANE , *bas à la Prêtresse.*

A son cœur dans ce séjour
Tout peint l'Amour ,
Tout n'est qu'Amour.

LA PRESTRESSE , *s'approchant de Thémire.*

Air. *C'est qu'ça ne vous va brin , &c.*

A quoi pensez-vous là ?

THEMIRE , *surprise.*

Ma Bonne.

CYANE.

Vous rougissez.

THEMIRE.

Je n'en sçais rien.

LA PRESTRESSE.

Quoi ! ma demande vous étonne !

THEMIRE.

Je répétois les mots . . . .

LA PRESTRESSE.

Hé bien ?

THEMIRE.

Les mots que tantôt je dois dire ,
Quand un Amant pour me séduire ,
Viendra m'offrir des fleurs.

CYANE , *à part.*

Oui-dà.

LA PRESTRESSE.

Sçavez-vous ces mots ? voyons cela,

THEMIRE, *d'un ton ferme.*

Air. *Bouchez, Nayades.*

Perfide Amant que je déteste,
Porte ailleurs ton préfent funeste ;
Et toi tyran, dont les bienfaits
Sont plus cruels que l'efclavage,
Amour, mon cœur brave tes traits ;
N'efpére pas que je m'engage.

LA PRESTRESSE.

Air. *Je fuis pour les Dames moi.*

Fort bien.

CYANE.

Très-bien.

THEMIRE.

          Mais je ne puis comprendre
Ce que c'eft que l'Amour.
à la Prêtreffe. Inftruifez-moi.

LA PRESTRESSE.

          Je ne puis vous l'apprendre.

CYANE.

Vous le fçaurez un jour.

THEMIRE, *à Cyane.*

Ma chére fœur, rendez-moi ce fervice.

CYANE.

Je fuis trop novice moi,
    Je fuis trop novice.

LA PRESTRESSE.

Air. *Pour voir un peu comment ça f'ra.*

Il faut le craindre, il faut le fuir,
Sans defirer de le connoître,

THEMIRE.

Comment pouvoir s'en garantir
En ignorant ce qu'il peut être ?
Car il faut bien pour cet effet,
Sçavoir un peu comme il eft fait.

LA PRESTRESSE.

Air. *C'eft un Enfant.*

L'Amour eft un traître, un parjure,
Le tyran de tous les cœurs ;
De pleurs il fait fa nourriture,
Et fe rit de nos douleurs ;
Par quelque impofture
Toujours il furprend,
Et fous la figure
    D'un enfant,
  C'eft un ferpent,
  C'eft un ferpent.

THEMIRE, *épouvantée.*

C'eft un ferpent !

LA PRESTRESSE & CYANE.

C'eft un ferpent.

THEMIRE.

Air. *Sur la fiévre & fur la migraine.*

Cet Amour eft donc bien terrible !

Mais qu'eſt-ce qu'un Amant, ma ſœur ?

CYANE.

Un Amant ! C'eſt un monſtre horrible,
Qui cherche à nous ravir l'honneur.

THEMIRE.

Air. *Pour héritage.*

Daignez me dire
Ce que c'eſt que l'honneur.

LA PRESTRESSE.

Il fait, Thémire,
Notre unique bonheur.

THEMIRE.

Mais qu'eſt-ce donc ?

LA PRESTRESSE.

Un tréſor qu'on envie.

THEMIRE.

Je n'eus de tréſor de ma vie,
Où le trouve-t-on ?

LA PRESTRESSE.

Air. *Si c'eſt un honneur de boire.*

Dans le cœur, jeune Thémire,
L'honneur eſt clos & ſcellé,
Mais il eſt, ſi j'oſe dire,
Comme en un vaiſſeau fêlé ;
Le cœur eſt comme l'argile,
Et le moindre petit choc

Toc

Fait bréche au vase fragile.

THEMIRE.

L'honneur. . . .

LA PRESTRESSE.

Est évanoui.

CYANE.

Oui.

Air. *Est-c'que ça se demande ?*

Quand un Amant dans un taillis
D'une Nymphe s'empare. . . .

THEMIRE.

La bat-il ?

CYANE.

Oh , c'est cent fois pis.

THEMIRE.

Que lui fait le Barbare ?
La mange-t-il ?

CYANE.

C'est cent fois pis.

LA PRESTRESSE, *à Cyane.*

Votre imprudence est grande.

THEMIRE.

Que peut-il donc faire de pis ?

LA PRESTRESSE.

Est c'que ça se demande ?

CYANE.

Air. *De nécessité nécessitante.*
Le cruel l'embrasse avec tendresse ,

Et lui fait careſſe ſur careſſe ;
Rien n'eſt plus affreux dans la Nature.

THEMIRE.

Mais je ne frémis point, je vous jure.

LA PRESTRESSE.

Air. *Eh tant , tant , tant.*

Ces careſſes-là ſont la cauſe
D'une langueur qui vous ſurprend ;
D'une vile métamorphoſe ,
Nous ſentons l'effet à l'inſtant.
Un exemple je vous expoſe :
Le Zéphir careſſe une roſe ,
Er tant, tant, tant, tant , tant, tant, tant,
Qu'elle tombe à peine écloſe ,
De nous l'Amour en fait autant.

Air. *Tout roule aujourd'hui dans le monde.*

Ici vous braverez ſa rage.

CYANE.

Qui le fuit ſçait lui réſiſter.

THEMIRE.

La gloire éclate davantage
A le vaincre qu'à l'éviter.
Contre un méchant qui nous outrage ,
Que vous venez de m'exciter ,
J'irai , ſi j'en crois mon courage ,
Le combattre & le ſurmonter.

SCENE

SCENE V.
LA PRESTRESSE, THEMIRE, CYANE, EGLE'.

EGLÉ, *essouflée.*

Air. *Margoton ma mie.*

O Dieux ! quel esclandre !
Quel dérèglement !
J'accours ici promptement
Pour vous... pour vous... pour vous apprendre
Que l'on vient en ce moment
De reconnoître un Amant.

N°. 3. Air. *Vuidons les pots & la bouteille.*

LA PRESTRESSE.

O Dieux !

CYANE.

Un amant !

THEMIRE.

Un Amant !

Sachons pourquoi....

CYANE.

Sachons comment.

EGLÉ.

Chose étonnante !

LA PRESTRESSE.

Est-il en mon pouvoir ?

B

EGLÉ.

Il faut sçavoir...

THEMIRE.

Courons le voir.

LA PRESTRESSE.

Arrêtez, ô Nymphe imprudente !

EGLÉ.

C'est Gangan
Notre vieille surveillante,
Qui subtilement....
Souffrez que je respire un moment.

Ensemble.

THEMIRE & CYANE.	LA PRESTRESSE.
Comment, comment a-t-elle fait ?	Cessez ce vain caquet, *à Eglé.* Allons au fait. *bis.*
Allons au fait. *bis.*	La Gouvernante......
La Gouvernante ?...	*à Thémire & Cyane.*
Hé bien contez-nous ça,	Patati, patata,
Contez-nous, contez-nous,	Ecoutez-la.
Contez-nous ça.	

E G L É *dit ce qui suit en même tems ; ce qui fait une espéce de quatuor.*

Voici le fait. *bis.*
La Gouvernante ......

. . . .

Hélas ! je crois qu'elle en mourra.

EGLÉ.

Air. *Dans un Bosquet près du Hameau.*

Comme elle est sans cesse aux aguets,
En passant près de ces bosquets,

Elle vient d'entendre
Certain discours tendre,
Discours d'amour,
Et qui lui fait comprendre
Qu'en ce séjour
L'Amour s'est fait jour.

Air. *Je ne sçai pas écrire.*

Elle entre dans ce lieu suspect ;
Deux Nymphes, zeste, à son aspect,
S'esquivent sans l'attendre.
La Vieille d'esprit avisé
Soupçonne un Amant déguisé.

LA PRESTRESSE.

Ciel ! que vient-on m'apprendre ?

EGLÉ.

Air. *Joujou tant que tu voudras.*

Pour mieux dévoiler
Ce mystère d'importance,
On fait assembler
Les Nymphes en diligence,
A faire trembler
Notre Vieille se courrouce,
Hou, hou, hou, hou, hou, hou, hou,
Au lieu de parler,
Pendant une heure elle tousse,
Hou, hou, &c.
Enfin elle dit
Ces mots dont l'honneur frémit :

Air. *Jeune Chanoinesse.*

» *Quelque Nymphe écoute*

LES NYMPHES

» *Ces Amans maudits ;*
» *Et fous de trompeurs habits,*
» *Eft un loup fans doute*
» *Parmi nos brebis.*   (bis.)

    Air. *Une à une , deux à deux.*

» *Nous fçaurons le fait à l'inflant.*
Achéve-t-elle en tremblotant.
Toutes baiffant la vuë,
Nous paffons en revuë.
Une à une, deux à deux, on nous compte ;
Pour nous quelle honte !
      Et fur nous
La Vieille en courroux,
Ferme les verroux.

    Air. *Le Seigneur Turc a raifon.*

Nous nous rangeons fous fes yeux ,
     Surprifes, muettes.
A cet air audacieux ,
Que n'ont jamais les fillettes ,
Elle reconnoît l'Amant ,
Culbute d'étonnement ,
Et caffe fes lunettes.

LA PRESTRESSE.

Air. *Plus inconflant que l'onde & le nuage.*

Ah ! quelle horreur !

EGLÉ.

On l'entoure , on raifonne ;
Nos vieilles fœurs veulent fon châtiment ;
Et dont l'ame eft fi bonne ,
Nous defirons ardemment

Que l'on pardonne
A cet Amant.

LA PRESTRESSE.

Je veux qu'il soit lié.

EGLÉ.

Il fait pitié.

LA PRESTRESSE.

Je veux . . . j'ordonne
Qu'à cet Autel il soit sacrifié.

EGLÉ.

Air. *Sur le Pont d'Avignon.*

Hélas !

LA PRESTRESSE.

Vous le plaignez, sortez de ma préfence.
Et vous, Cyane, allez, que la Fête commence.

SCENE VI.

LA PRESTRESSE, THEMIRE.

THEMIRE.

Air. *Où êtes-vous, Biréne mon ami ?*

ON fait fort bien de garder cet Amant.

LA PRESTRESSE.

Ce fentiment n'a rien qui ne me plaife.

THEMIRE.

On fait fort bien, ma Bonne, affurément ;
Car je pourrai le voir tout à mon aife.

  Air. *Non, je ne ferai pas.*

Je cours interroger mes Compagnes fidelles ;
Cet Amant travefti, demeuroit avec elle ;
De fon malin vouloir je connoîtrai l'effet,
Et je fçaurai bientôt quel mal il leur a fait.

LA PRESTRESSE.

  Air. *Ce qui n'eft qu'enflure.*

Un tel defir n'eft pas bien.

THEMIRE.

En quoi peut-il nuire ?
Ne fçaurai-je jamais rien,
Moi qui veux m'inftruire,
Moi qui veux m'inftruire ?

LA PRESTRESSE.

  Air. *Mon petit doigt me l'a dit.*

Préparez-vous pour la fête ;
Déja la victime eft prète,
Elle vient : retirons-nous.
Tremblez d'offenfer Diane,
En regardant un Profane.
A mes confeils livrez-vous.

SCENE VII.

La vieille Nymphe Gangan améne Cliton enchaîné & revêtu d'une robbe de Victime. Elle traverse le Théâtre avec lui, suivie de plusieurs Nymphes. Pendant ce tems ou jouë l'Air : Pour Directeur dorénavant &c.

GANGAN, *après avoir attaché Cliton à l'Autel.*

Air. *Le tems est calme & le vent doux.*

ENfin, méchant, te voilà pris,
De tes forfaits reçois le prix.
Quel vain espoir t'enhardit ?
    Est-ce ici, maudit,
    Que l'on s'ébaudit ?
    Infâme Vaurien,
Vraiment, il te sied bien
De brûler pour des Nymphes gentilles.
        (aux Nymphes.)
    Vous qui le plaignez,
Rentrez vite, & craignez....
    Mais quelle erreur !
    Quelle horreur !
        De gémir,
        De frémir,
* Pour ce vilain Chercheur de filles.

* En disant ce dernier Vers, elle regarde Cliton d'un air attendri, & sort avec les Nymphes.   B iiij

SCENE VIII.

CLITON, *enchaîné à l'Autel.*

Air. M. *La Palisse est mort.* *

HElas ! de quel triste sort
Ma chance est-elle suivie !
L'Amour va causer ma mort,
Lui qui donne à tout la vie.

SCENE IX.

CLITON, UN SATYRE.

LE SATYRE.

Air. *Un Cordelier d'une riche encolure.*

DE ces Forêts j'ai pénétré l'enceinte,
Avançons sans crainte,
Amour, rends heureux
Un Satyre amoureux.
Je viens de voir
Certain troupeau de filles,
Qu'elles sont gentilles,
Tachons d'en avoir
Quelqu'une en mon pouvoir.

CLITON.

Air. *Des gris vêtus.*

A mon secours,
Satyre aimable,
Ah sauvez les jours
D'un Misérable,
Qu'on veut égorger
Pour se venger.

LE SATYRE.

A ton minois
Fin & sournois,
Tu me parois un Croqueur de Fillettes,
En ce séjour,
A nos Nymphes douillettes,
Ta gentillesse a joué plus d'un tour.

CLITON.

Hélas, hélas, c'est le contraire :
Malgré moi j'ai trop sçu leur plaire,
Et toutes m'ont requis d'amour ;
Mais ma pudeur
M'en fait scrupule.
On veut me punir
De ma rigueur,
Je vais périr.

LE SATYRE.

Que ta crainte est ridicule !

CLITON.

J'aime mieux le mort.

LE SATYRE.

Pauvre Butord,

4

Sois sans effroi,
Compte sur moi,
Aux Nymphes je vais m'offrir pour toi.
Quel doux espoir!
Déja je brûle
De les voir.

Air. *Buvons, Freres, buvons.*
Je sens un feu subit.

CLITON.

Chaque Nymphe est humaine,
Et d'un tendre acabit.

LE SATYRE.

Morbleu, la bonne aubaine,
Donne-moi ton habit.

Le Satyre délivre Cliton, endosse l'habit de victime
& se fait attacher à l'Autel.

CLITON.

Très-volontiers, fort volontiers, Compére;
Ça le voilà;
Mettez-vous là.
Vous êtes fait pour plaire.

LE SATYRE.

Air. *Je vous la gringole.*
Je n'aime point à demi.

CLITON, *en enchaînant le Satyre.*
Le bel avantage!

LE SATYRE.

Je ne serai point endormi.

CLITON.

Il vous faut du courage :
Les Nymphes vont, mon bel ami,
Vous tailler de l'ouvrage.

LE SATYRE.

Air. *Maris qui voulez fuir l'affront.*

Leur nombre ne me fait point peur.
Toi dont le cœur est de glace,
Sauve-toi sans perdre de tems ;
  Je les attens
  A ta place.
N'en dis, chétif Marmot,
    Mot ;
Tôt, qu'on s'absente.
Je voudrois qu'il en vînt
    vingt,
  Trente, quarante.

CLITON.

Air. *Par bonheur ou par malheur.*

Adieu, je les vois venir,
Songez à vous bien tenir.

SCENE X.
LE SATYRE.

Cachons nous pour les surprendre,
Et ne disons rien d'abord.
Il est à propos d'attendre.
Ah ! pour moi quel heureux fort !

SCENE XI.

ENTRÉE DES NYMPHES.

Une partie danse, & l'autre porte les uftenciles qui doivent fervir au Sacrifice, comme les haches, les urnes, les cuvettes, les parfums, le feu, le couteau facré &c.

LA PRESTRESSE, CYANE, THEMIRE, *richement parée.*

Une Nymphe en habits galans, danfe la Volupté de M. Rameau, & le Tambourin de Jephté que les Nymphes reprennent en Chœur en finiffant elles fe rangent fur deux lignes aux côtés de l'Autel.

LA PRESTRESSE.
Air. *Oui, je veux aimer.*

CRaignez du Méchant
Le noir penchant,
Songez, fongez à réfifter :
Un perfide Amant
En ce moment
S'apprête à vous tenter.
Il faut rejetter,
Sans héfiter,
Tout ce qu'il va vous préfenter :
En recevant,
Fille fouvent
Se vend.

D'aucun mot, du moindre geste
Ne flattez un audacieux.
Son entretien seroit funeste.
Observez un air modeste,
Et baissez toujours les yeux.
  Un simple regard
  Met l'honneur au hazard.

  Jamais l'ennemi
  N'est endormi,
Il n'est point cruel à demi ;
Il faut qu'aujourd'hui,
  Sans notre appui,
Vous triomphiez de lui.

  Evitez les fers
  De ce pervers,
Sinon, pour jamais je vous perds.
  Ma chére Enfant,
  Tout d'un instant
    Dépend.

SCENE XII.
LA PRESTRESSE, THEMIRE, CYANE, AGENOR.

Une Symphonie de Flutes annonce Agenor. Deux Esclaves noirs le suivent, portant une corbeille de fleurs & sortent après l'avoir posée près de l'Autel.

Air. *Petits Oiseaux.* N°. 4.

A G E N O R *prend des fleurs dans la corbeille & les présente à Thémire.*

Sur un Amant levez les yeux,
Prenez ces fleurs, belle Thémire :
C'est l'Amour même qui m'inspire ;
Lui seul m'améne dans ces lieux :
En vous j'adore son image,
Soumettez-vous à ce charmant Vainqueur ;
Il est dans vos regards ! qu'il soit dans votre cœur.
Au nom d'un Dieu si doux, acceptez mon hommage.

T H E M I R E *au son de la voix d'Agenor léve les yeux peu-à-peu, se trouble, & dans son émotion, reçoit le Bouquet sans sçavoir ce qu'elle fait. Sur un regard que lui jette la Prétresse, elle dit le Couplet suivant d'une voix entrecoupée.*

Air. *Bouchez, Nayades.*

Perfide Amant que je déteste,
Porte ailleurs ton présent funeste ;
En disant ce Vers, elle approche le bouquet de son sein.

Et toi Tyran, dont les bienfaits
Sont plus cruels que l'esclavage :
Amour … mon cœur …. brave tes traits …

* *Son émotion ne lui permet pas d'achever.*

LA PRESTRESSE, *bas à Thémire.*

N'espérez pas que je m'engage.

THEMIRE, *encore plus émuë , dit en atta-
chant le bouquet.*

… Oui … je m'engage.

LA PRESTRESSE, *bas à Thémire.*

Air. *Qu'on est à plaindre quand on n'a pas.*

O Dieux ! Thémire,
Jettez ces fleurs.

AGENOR.

Elle soupire.

THEMIRE, *intimidée par la Prétresse , détache
le bouquet & le laisse tomber.*

Ah ! je me meurs !

Air. *Contre un engagement.*

LA PRESTRESSE *à Agenor.*

Tu vois quel est le prix
De la coupable envie,
De honte & de mépris,
Ton audace est suivie.

AGENOR.

Thémire m'est ravie !
Espoir trop séduisant !
Le bonheur de ma vie
N'a duré qu'un instant.

SCENE XIII.

LA PRESTRESSE, THEMIRE, CYANE, LES NYMPHES.

THEMIRE suit des yeux Agenor, & se retournant vers la Prêtresse, lui dit avec chagrin.

Air. *Du Cap de Bonne-Espérance.*

Vous trompiez mon innocence,
Les Amans ne font point peur.

LA PRESTRESSE.

Chére Enfant, sans ma prudence,
Vous seriez morte d'horreur.
D'un monstre rempli d'audace,
Une Nymphe a pris la place,
Sous des habits empruntés.
Rendez grace à mes bontés.

THEMIRE, *avec une joye vive.*

Air. *Permettez-le-moi, mon Pere, permettez-le-moi.*

Une Nymphe! Ah! j'en suis ravie;
Elle sera ma bonne amie.
Que son air est doux & touchant!
Que j'ai pour elle de penchant!
Dites qu'on la rappelle,
Que Thémire l'attend.
Je ne veux plus sans elle
Etre un seul instant.

LA

LA PRESTRESSE.

Je n'le f'rai plus , je n'le f'rai plus.

On vous apporte le carquois ,
Ne songez qu'à suivre nos loix.
Déja Diane est en colere
De voir vos vœux irrésolus.

THEMIRE.

Hélas , Hélas , pardon , ma mere ,
Je n'le f'rai plus , je n'le f rai plus.

LA PRESTRESSE.

Air. *Revenant de Lorette.*

Oh , puissante Déesse ,
Assurez son bonheur ;
Daignez , daignez sans cesse
Protéger son honneur.
De Diane implorons la faveur ,
  Qu'elle nous soit propice ;
De Diane implorons la faveur ,
  Pour garder notre cœur.
  Faisons le sacrifice ,
  Que ce Monstre périsse ,
  Que l'honneur outragé
  Soit à l'instant vangé.

*On allume le feu sur l'Autel ; & comme on va
frapper le Satyre , il se léve & chante le Couplet
suivant.*

LE SATYRE.

Air. *Oh ricandaine ricandon.*

Arrêtez , arrêtez-vous donc ,
Oh ricandaine ricandon !

Mesdames, je confens à tout ,
Je vous trouve fort de mon goût ,
Ricandaine !
Jarni ! je fuis un égrillard
Toujours fautant , toujours gaillard,
Mettez ces armes à l'écart ;
Car
Je vous fatisferai ,
Oh ricandaine !
Oui , je vous aimerai ,
Oh ricandé.

LA PRESTRESSE.

Air. *On n'aime point dans nos foréts.*

Qu'eft-ce que le perfide entend ?

LE SATYRE.

Je ne demande qu'à vous plaire.

THEMIRE.

Il ne paroît pas fi méchant.

LA PRESTRESSE.

Je vous ordonne de vous taire.

THEMIRE.

Ah ! pourquoi le faire mourir ?
Il dit qu'il nous fera plaifir.

LE SATYRE.

Air. *Il n'a pas pû.*

Oui m'y voilà tout réfolu.

LA PRESTRESSE.

Ah ! quel excès d'outrage !

LE SATYRE.

Je ne suis pas ce malotru
Qui ce matin vous a déplu,
N'a pas voulu, & n'a pas sçu
     Vous rendre son hommage.

LA PRESTRESSE.

Air. *Les Filles de Montpellier.*

Quoi, lorsque tu dois gémir...

LE SATYRE.

Mais je suis un bon Satyre.

CYANE.

O Dieux ! il me fait frémir.

LA PRESTRESSE.
Que le sacrilége expire.

LE SATYRE.

Aye, aye, aye.

*Dans l'instant qu'on va immoler le Satyre,
Eglé paroît, & suspend le Sacrifice.*

SCENE XIV.

Les précédens. EGLE'.

EGLÉ.

Air. *Aux armes, Camarades.*

Courons, courons aux armes !
Par troubler notre paix,

L'Amour eſt dans nos forêts ;
Courons , courons aux armes ,
Sur l'Amour épuiſons nos traits.

LA PRESTRESSE.

Air. *A la chaſſe , à la chaſſe.*

Armons-nous d'une noble audace ,
A la chaſſe , à la chaſſe , à la chaſſe ,
Qu'on tende des panneaux , des filets ,
Pourſuivons l'Amour à la trace ,
Et qu'il tombe aujourd'hui dans nos rets.

Air. *Allons la voir à S. Cloud.*

(*à Thémire.*) De moi vos ſœurs ont beſoin ,
Je cours où le péril preſſe.
(*à Cyane.*) De Thémire prenez ſoin.
Avec elle je vous laiſſe.

THEMIRE.

Afin de me défennuyer ,
Ma Bonne , daignez m'envoyer
Cette Nymphe nouvelle ;
J'aurai moins peur avec elle.

SCENE XV.

THEMIRE, CYANE, LE SATYRE.

LE SATYRE.

Air. *Des Pendus.*

MEs Beaux Enfans, par charité,
Procurez-moi la liberté.

THEMIRE.

Ah ma sœur, il faut être bonne.

CYANE.

Voyez donc s'il ne vient personne.
Mais non... il seroit dangereux...

THEMIRE.

Bon, contre lui nous serons deux.
Elles mettent le Satyre en liberté.

LE SATYRE.

Air. *Ah quel dommage, Martin.*
Ah, l'on me retire
D'un grand embarras.

CYANE.

Loin d'ici, Satyre,
Va porter tes pas.

LE SATYRE.

Ah, ah, ah, ah! quel dommage

De posséder tant d'appas
Sans en faire usage !

Il déchire son habit de victime, & s'approche des
Nymphes en riant.

THEMIRE.
ARIETTE. *Mon p'tit cœur.*
Hélas ! ma sœur, je tremble.

CYANE.
Fuyons, fuyons ensemble.

THEMIRE.
Il va suivre nos pas.
Comme il étend ses bras !

LE SATYRE.
Vous n'échapperez pas.

THEMIRE & CYANE.
Hélas, quel embarras !

LE SATYRE.
Pourquoi vous allarmer ?
Je sens mon cœur s'animer,
S'enflammer.
Est-ce un si grand mal d'aimer ?

CYANE.
Ah, téméraire !

THEMIRE.
Que veut-il faire ?

LE SATYRE.
Mon feu s'irrite.

THEMIRE.

Mon cœur palpite, palpite, palpite, palpite.

LE SATYRE.

Calmez cette frayeur,
Petite, petite, petite,
N'ayez point de rigueur.

LE SATYRE.	THEMIRE.
Mon ptit cœur,	Ah ! ma Sœur !
	CYANE.
Mon ptit cœur,	Ah ! ma Sœur !
	THEMIRE.
Calmez cette frayeur.	Hélas ! je meurs de peur.
	CYANE.
Point de rigueur,	Je meurs de peur.
	THEMIRE.
Point de rigueur.	Je meurs de peur.

CYANE.

Si tu ne veux cesser,
Ce dard va te percer ;
Mais il rit de mes allarmes,
Et je sens tomber mes armes.

LE SATYRE.

Je brule pour vos charmes,
Je brûle pour vos charmes.

CYANE.

Perfide, laisse. . .
Crains la Déesse.

THEMIRE.

Perfide, cesse. . .

C iiij

Crains la Déeſſe.

LE SATYRE.

(les ſaiſiſſant toutes deux en même tems.)
A la fin je vous tiens.

CYANE.

Au ſecours.

THEMIRE.

Au ſecours.

LE SATYRE.

Bon , bon criez toujours.

CYANE , *feignant de voir la Prêtreſſe.*

LA PRESTRESSE.

O ! grande Prêtreſſe ,
Venez le punir.

THEMIRE.

(au Satyre.)

Ta flamme traîtreſſe. . . .

CYANE , *au Satyre.*

La vois-tu venir ?
Sa main vangereſſe . . .

LE SATYRE , *allarmé.*

Ne ſongeons qu'à fuir.

CYANE.

Ah comme il ſe ſauve. Adieu donc,
Adieu donc.
Ah , comme il eſt poltron !
Ah , comme il eſt poltron !

SCENE XVI.

THEMIRE, CYANE.

CYANE.

Air. *Ah , Maman , que je l'échappe belle* !

AH, ma sœur ! nous l'avons échappé belle.

THEMIRE.

De crainte & d'horreur,
Le cœur me manque , & je chancelle.

CYANE.

Ah , ma sœur ! nous l'avons échappé belle.

THEMIRE.

Hélas ! j'avois peur, sans sçavoir de quoi j'avois peur.

CYANE.

Air. *Voici les Dragons qui viennent.*
Fuyez, je vous le conseille.

THEMIRE.

Je rentre avec vous,
Emportons cette corbeille.
Mais... mais... par quelle merveille ? . . .

Comme Thémire & Cyane se baissent pour pren-
dre la Corbeille , l'Amour en sort , & Cyane s'en-
fuit.

CYANE.

Sauvons-nous.

SCENE XVII.
THEMIRE, L'AMOUR.

L'AMOUR, *à part, en sortant de la Corbeille.*

Air. *Amis , sans regretter Paris.*

ON prend un inutile soin
Pour se mettre en défense ,
L'Amour , lorsqu'on le croit bien loin ,
Est plus près qu'on ne pense.

THEMIRE.

Air. *Ah qu'il est drôle !*

Oh , oh , qu'est-ce que je vois là ,
Qui porte un si joli plumage ?
Mais , c'est un oiseau que cela.
Je voudrois bien qu'il fût en cage.
Ah , qu'il est drôle ! ah qu'il est beau ,
L'aimable Oiseau !

Air. *Je suis perdüe.*

Donnez la patte , mon mignon ,
Oiseau que j'admire.
N'est-ce pas un Perroquet ?

L'AMOUR.

Non ,
Aimable Thémire ,
Je suis le Dieu des Amours.

THEMIRE, *épouvantée.*

Ah, m'y serois-je attenduë !
Ciel ! il avance, au secours,
Je suis … je suis perduë.

L'AMOUR.

Air. *L'honneur dans un jeune tendron.*

Rassurez-vous, charmant objet;
Vous vous allarmez sans sujet.

THEMIRE.

Pensez-vous qu'ainsi l'on m'endorme ?
J'ai peur…

L'AMOUR.

Qu'examinez-vous tant ?

THEMIRE.

Si vous ne prenez point la forme
De quelque dangereux Serpent.

L'AMOUR.

Air. *De tout tems le jardinage.*

En croyez-vous la Prêtresse ?
Par envie & par tristesse
Elle blâme les plaisirs :
Elle en a perdu l'usage.
Ces plaisirs sont de votre âge ;
N'en croyez que vos desirs.

Air. *Ce bon papa grillant dans l'ame.*

Voulez-vous voir l'objet aimable
Qui vous a présenté ces fleurs ?

THEMIRE.

Oh ! oui.

L'AMOUR.

Je veux unir vos cœurs.

THEMIRE.

Quoi , vous me feriez favorable !
Oui-dà , oui-dà , qui s'y fieroit
Peut-être s'en repentiroit.

L'AMOUR.

Air. *Aye , aye , aye , laiſſez-moi là.*
A vous l'amener je m'engage.

THEMIRE.

Ah , vous me tromperez , je gage.

L'AMOUR.

Non , non , prenez ce trait pour gage.

THEMIRE.

L'Amour bleſſe Thémire , en lui donnant ſon trait.

Donnez donc. Ah quel trait fatal !
Aye , aye , aye , aye , aye , aye. il m'a fait mal.

L'AMOUR.

Air. *Je ſuis malade d'Amour.*

(*à part.*) Je ris du trouble où la voilà.
(*à Thémire.*) A mon pouvoir tout céde ;
Allez , cela se guérira ,
Moyennant un peu d'aide ;
Adieu , Thémire , à ce bobo-là
Nous trouverons reméde.

SCENE XVIII.

THEMIRE.

Air. *Ah ! Maman, je suis perduë.*

AH, grands Dieux, quel trait de flâmme
Vient de pénétrer mon ame !
Je sens palpiter mon cœur,
Je succombe à ma douleur.
Le courage m'abandonne.
     Ah, ma Bonne,
'Accourez, je meurs, hélas !
   Venez, venez (*Appercevant Agenor.*)
   Non, non, non, non, ne venez pas.
Ne venez pas, ne venez pas.

SCENE XIX.

AGENOR, THEMIRE.

AGENOR.

Air. *Maman me dit que je suis ignorante.*

Vous êtes seule, ô flatteuse espérance !

THEMIRE.

Ma chére Amie, enfin je vous revoi.

Pour me calmer il faut votre préfence,
Reftons enfemble, aimable Nymphe.

AGENOR.

Quoi!

THEMIRE.

Vraiment, vraiment, je n'ai plus d'ignorance,
On m'a tout dit, ah quel plaifir pour moi!

AGENOR.

Air. *La Ceinture.*

Croyez-moi je fuis un Amant,
Ce difcours vous paroît étrange?
N'en doutez plus, objet charmant,
Et vous ne perdrez point au change.

THEMIRE.

Air. *Quand Jupiter fit les humains.*

Mais vostraits font humains & doux!
Et le cœur fe prévient pour vous.

AGENOR.

Prenez en moi toute affurance.

THEMIRE.

Mais d'une Nymphe, & d'un Amant
Qu'eft-ce qui fait la différence?

AGENOR.

Mais... c'eft l'Amour.

THEMIRE.

Comment! l'Amour, l'Amour! comment?
Ah! parlez-moi fincérement.

AGENOR.

Air. *Voilà la différence.*

Il vous fit pour nous charmer,
Et nous pour vous enflammer :
Voilà la reſſemblance.
Vous régnez par ſes attraits,
Nous triomphons par ſes traits :
Voilà la différence.

THEMIRE.

Air. *Je n'y puis rien comprendre.*

C'eſt un cahos embaraſſant
Où je ne peux rien voir encore,
Cependant, en vous écoutant,
J'éprouve un charme que j'ignore :
Mon eſprit flote dans l'erreur
Et ne peut rien comprendre ;
Mais il me ſemble que mon cœur
Commence à vous entendre.

AGENOR.

Air. *Les petits riens.*

Le tendre Amour
A pris pitié de mon martyre ;
Le tendre Amour
Vous a ſoumiſe à ſon empire :
Votre cœur s'agite & ſoupire,
Et j'obtiens enfin du retour.
A vos feux connoiſſez Thémire,
Le tendre Amour.

THEMIRE.

Air. *La Lyonnoiſe.*

Ce traître Amour vient de me bleſſer.

Voyez-vous ? j'en ai de la tristesse.

Ellle montre à Agenor la piquure que l'Amour lui a faite au doigt.

AGENOR.

Ah ! quel bobo ! laissez-moi presser ,
Et le mal va se passer.

Il baise la main de Thémire.

THEMIRE.

Déja ! ma crainte cesse . . .
Quel art enchanteur
A calmé ma douleur !

AGENOR.

Lorsque l'Amant nous blesse ,
C'est pour combler notre bonheur.

THEMIRE.

Après les maux qu'il fait souffrir ,
S'il dédommage
Par le plaisir ;
A tous ses traits je vais m'offrir ,
Qu'il me soulage
Sans me guérir.
Quelle charmante yvresse !
Dieux ! quelle douceur
Succéde à ma douleur !

AGENOR.

Lorsque l'Amour nous blesse ,
C'est pour combler notre bonheur.

THEMIRE, *seule.*

Amour, Amour, lance-moi tes traits ,

Sans

Sans avoir égard à ma foiblesse.
Amour, Amour, lance-moi tes traits,
   Je ne m'en plaindrai jamais.

   Air. *L'Amant frivole & volage.*

Mais j'offense la Déesse,
Si j'abjure ses Autels.

AGENOR.

En abjurant la tendresse,
Nous serions plus criminels.
Votre cœur encor murmure
Des vœux qu'il alloit former :
C'est un cri de la nature
Qui vous dit qu'il faut aimer.

THEMIRE.

   Air 11ᵉ. *Aimons-nous, aimons-nous.*

   Au charme vainqueur
   Qui vers vous en secret m'attire,
   Je sens que mon cœur
   A trouvé le vrai bonheur.
   Ma Bonne aura beau me dire
   Qu'en aimant nous offensons...?
   J'en crois la voix qui m'inspire
   Plus que toutes ses leçons.

En Duo.

THEMIRE.	AGENOR.
Au charme vainqueur,	Au charme vainqueur
Qui vers vous en secret m'at- tire,	Qui m'attire Vers Thémire :
Je sens que mon cœur	Je sens que mon cœur
A trouvé le vrai bonheur.	A trouvé le vrai bonheur.

On entend un bruit de Cor de Chasse.

D

THEMIRE.

Air. *Joli cœur n'est point volage;*

Mais quel bruit se fait entendre !
Fuyons ce triste séjour.
On peut ici nous surprendre.

AGENOR.

Rassurons-nous , c'est l'Amour.

SCENE DERNIERE.

THEMIRE , AGENOR , L'AMOUR;
LE SATYRE, LA PRESTRESSE,
CYANE , EGLÉ , GANGAN , ET
TOUTES LES NYMPHES *enchaînées
avec des fleurs , & désarmées*

L'AMOUR.

Air. *Tontaine , tontaine , tonton.*

JE viens de prendre ma revanche
Sur les Nymphes de ce Canton.

Le Cor joue le Refrain.

En tout pays ma chasse & franche ;
Et rien n'évite Cupidon.

Le Cor achéve l'Air.

THEMIRE.

Air. *Mon petit cœur de quinze ans.*

Grande Prêtresse , quoi c'est vous !   *bis.*

Rien n'est égal à ma surprise ;
Mais consolez-vous d'être prise,
L'Empire d'Amour est bien doux.

Air. *Entre l'Amour & la Raison.*

Vous me disiez que les Amans
Ne nous causoient que des tourmens ;
Et qu'en cédant à leur envie,
On trouvoit un affreux trépas.
La preuve que l'on n'en meurt pas,
C'est que je suis encore en vie.

Air. *Et j'y pris bien du plaisir.*

D'un Amant si doux, si tendre,
Qu'ai-je à craindre de fatal ?
Si l'on cherche à nous surprendre,
Rendons le bien pour le mal.
Si ce qu'il dit est mensonge,
L'erreur flatte mon desir.
Je ne sçais si c'est un songe ;
Mais j'y prends bien du plaisir.

LA PRESTRESSE.

Air. *Bouchez, Nayades.*

Dieux, que ce langage m'étonne !
Perfide, hé bien, je t'abandonne,
De Diane crains le courroux.

L'AMOUR.

Sans raison votre esprit murmure,
De son choix n'accusez que vous,
Son innocence & la Nature.

Air. *Baise-moi donc, ne disoit Blaise.*

(*à Thémire & Agenor.*)

Que sous ses loix l'hymen vous range.

(*aux Nymphes.*)

Allons, il faut qu'à l'instant je me vange.
Blessons chaque Nymphe ce jour.

LA PRESTRESSE, *à l'Amour.*

Epargne des Nymphes que j'aime.
Retiens tes traits, cruel Amour,
Lance-les plûtôt sur moi-même.

EGLÉ, *à la Prêtresse.*

Air. *Lise au bord de la Seine.*

Ah, c'est trop de tendresse
Que vous avez pour nous.

CYANE, *à l'Amour.*

Respecte la Prêtresse,
Amour, que ton courroux
Sur nous porte ses coups.

L'AMOUR, *aux Nymphes.*

Air. *Chantons lætamini.*

Le même sort, mes Belles,
Vous attend en ce jour,
Venez, amans fidèles
Embélissez ma Cour,
Chantez, chantez l'Amour.

(*Les Amans paroissent.*)

CHŒUR *en quatuor d'Amans & de Nymphes.*

Chantons, chantons l'Amour.

L'AMOUR *à la Prêtresse.*

Air. *Pour la Baronne.*

Ma chére Bonne,
Pour vous faire éprouver ma loi,
A ce Satyre je vous donne.

LE SATYRE *, prenant la Prêtresse.*

Oh, tout m'est bon.

LA NYMPHE GANGAN *à l'Amour.*

Seigneur, & moi?

L'AMOUR *, d'un air de mépris.*

Je vous pardonne.

LE SATYRE, *à l'Amour.*

Air. *Bringue, stringue laridon.*

Grand merci, Seigneur Cupidon,
Bringue, stringue laridon.

(*à la Prêtresse.*)

Vous vouliez donc
D'un cœur felon
Prêtresse,
Traîtresse,
M'occir tout de bon.
D'une telle offense
Je prendrai vengeance,

LA PRESTRESSE, *d'un ton résigné.*

Et moi patience,

LE SATYRE.

Ça, point de pardon,
Eh bringue, stringue laridon.

(*Il emméne la Prêtresse.*)

DIVERTISSEMENT.

*Entrée d'Amans & de Satyres que l'Amour
unit aux Nymphes.*

*La Nymphe Gangan fait des agaceries à deux
Satyres qui la chaffent & forment enfuite un
pas de quatre avec deux jeunes Nymphes.*

VAUDEVILLE.

THEMIRE.

M A Bonne m'entretenoit
D'un honneur fauvage ,
La Nature me tenoit
Un autre langage :
Le cœur feul m'a fait chercher
Ce qu'on vouloit me cacher.
La raifon &c.

LA PRESTRESSE.

Je voulois vaincre l'Amour ,
Quelle erreur êxtrême !
Ce Dieu triomphe en ce jour
De mon ftratagême.
Dans les piéges quon lui tend ,
Souvent foi-même on fe prend.
La Raifon propofe ,
Et l'Amour difpofe.

J'ai trouvé ce traître Enfant
  Seul & sans défense ,
J'allois d'un bras triomphant
  En prendre vengeance :
Pour éviter ma fureur ,
Il s'est sauvé dans mon cœur.
  La raison &c.

EGLÉ.

J'avois juré sur l'Autel
  De notre Déesse ,
Par un serment solemnel ,
  De fuir la tendresse ;
Mais j'oubliai mon serment,
Dès que je vis un Amant.
  La raison &c.

CYANE.

Je vis l'Amour endormi ,
  Je bravai ses charmes ,
J'approchai de l'Ennemi
  Pour prendre ses armes.
En voulant briser ses traits ,
Je m'en blessai pour jamais.
  La Raison propose &c.

L'AMOUR.

Il n'est point contre l'Amour
  De retraites sûres ,
Fermez grille à double tour ,
  Bouchez les serrures ,

Vous ne parviendrez jamais
A vous fauver de fes traits.
La Raifon &c.

GANGAN.

Je fuyois un jeune Amant
De toute ma force ;
Mais par malheur en courant
Ahi, j'eus une entorfe :
Le Galant me releva.
Qu'eft-ce qu'il en arriva ?
La Vertu propofe,
Et l'Amour difpofe.

LE SATYRE.

Je m'embaraffe fort peu
D'une humeur fevere,
Qui fçait bien aimer, morbleu,
Eft certain de plaire.
Un cœur a beau réfifter,
Je n'ai qu'à me préfenter.
La Raifon propofe,
Et moi je difpofe.

BALLET GENERAL.

Tous les Amans & les Nymphes fuivent l'Amour.

F I N.

APPROBATION.

J'Ai lû par ordre de Monfeigneur le Chancelier, *les Nymphes de Diane*, & je crois que l'on peut en permettre la repréfentation & l'impreffion. A Paris, ce 2. Octobre 1755.   CREBILLON.

Le Privilége & l'Enregiftrement fe trouvent à la fin du Tome 3ᵉ. du Nouveau Recueil des Pieces repréfentées fur le Théatre de l'Opéra-Comique depuis fon rétabliffement, &c.

AIRS CHOISIS
Des Nimphes de Diane

N°4
Desgriovêtus

Nº 5
Petits Oiseaux
Nº 6
Ce traître Amour

Au charme vainqueur

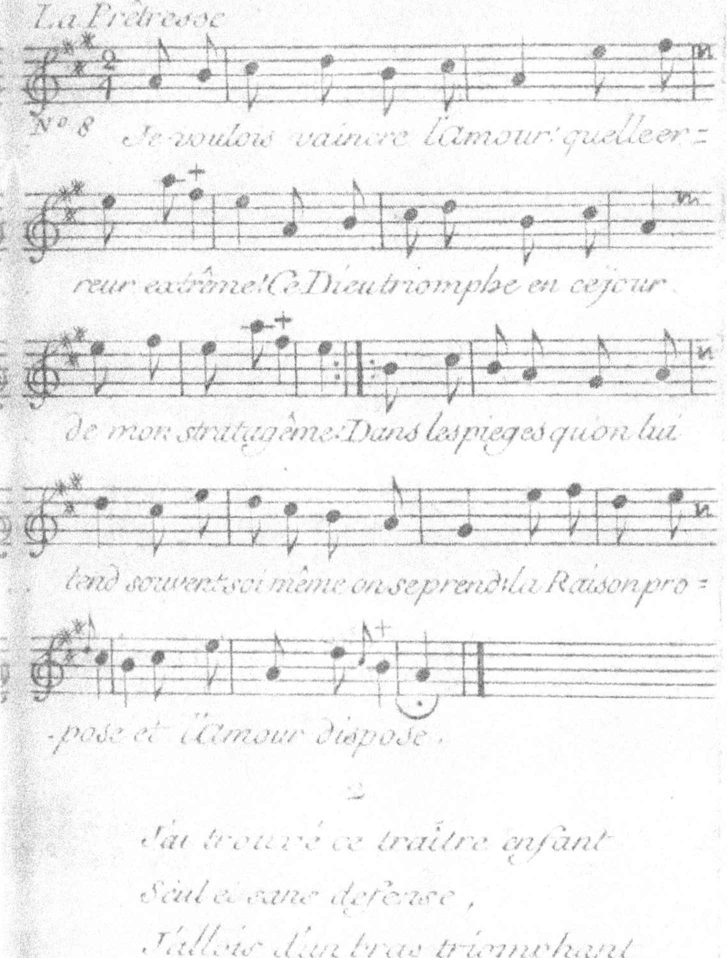

2

J'ai trouvé ce traître enfant
Seul et sans défense,
J'allois d'un bras triomphant
En prendre vengeance!
Pour éviter ma fureur,

Il est sauvé dans mon cœur.
        La Raison propose
        Et l'Amour dispose.

3.
        L'Amour.
Il n'est point contre l'Amour
De retraites sûres;
Fermez grilles à double tour,
Bouclés les Serrures,
Vous ne parviendrés jamais
A vous sauver de mes traits;
        La Raison propose
        Et l'Amour dispose.

4
        Thémire.
Ma bonne m'entretenoit
D'un bonheur sauvage;
La Nature me tenoit
Un autre langage:
Le cœur seul m'a fait chercher
Ce qu'on vouloit me cacher.
        La Bonne propose
        Et l'Amour dispose.

5

Ciane

Je vis l'Amour endormi
Je ravi ses charmes ;
J'approchai de l'ennemi
Pour prendre ses armes :
En voulant briser ses traits,
Je m'en blessai pour jamais.
La Raison propose
Et l'Amour dispose.

6

Eglé

J'avois juré sur l'Autel
De notre Deesse,
Par un Serment solemnel,
De fuir la tendresse ;
Mais j'oubliai mon serment
Dès que je vis un Amant.
La Raison propose
Et l'Amour dispose.

7.

La Nimphe Gascon

Je suyois un jeune Amant
De toute ma force ;
Mais par malheur en courant
Hai! j'eus une entorse :
Le Galant me releva ;
Qu'est-ce qu'il en arriva ?
La Belle propose
Et l'Amour dispose.

8.

La Satire.

Je m'embarrasse fort peu
D'une humeur sévère ;
Qui sçait bien aimer, morbleu,
Est certain de plaire :
Un cœur a beau resister,
Je n'ai qu'à me presenter.
La Raison propose
Et moi je dispose.

Fin